Prix : 20 Centimes la Livraison.

LOISIRS D'UN OUVRIER

POÉSIES NOUVELLES

PAR

VICTOR CLÉMENT

> En battant ma semelle,
> Je chante les amours;
> Les doux yeux d'une belle
> Me charmeront toujours.

PARIS
CHEZ L'AUTEUR, RUE QUINCAMPOIX, 85.

1854

LOISIRS D'UN OUVRIER

A M. P. T.....

Je dormais peu la nuit, le jour j'étais rêveur;
En moi je sentais naître une nouvelle ardeur;
Déjà dans mon cerveau des rimes cadencées
Venaient jouer parfois l'une à l'autre enlacées.
Alors je gémissais dans mon triste réduit
De n'avoir pas une âme, un regard qui me luit,
Pas une voix amie à me crier : « Courage ! »
« Rame, jeune pilote, et tiens tête à l'orage. »
J'étais seul, seul au monde, exilé dans Paris...
Que dis-je?... seul, oh ! non, j'avais quelques amis
Qui publiaient partout que j'étais en délire,
Que je voulais rimer et sans savoir écrire,
Que je devais pour luth, adoptant mes tranchets,

Façonner la semelle et non pas les couplets;
Que les Muses, pour moi, seraient toujours rebelles,
Et qu'enfin pour voler il me fallait des ailes.
Ainsi nargué pouvais-je acquérir des talents?
Sans cesse rebuté par de tels insolents,
Ah! j'aurais dû briser et la plume et la lyre,
Et je ne l'ai pas fait! Oui, j'étais en délire,
Mon âme était navrée et mon cœur ulcéré;
Je gémissais souvent, bien souvent j'ai pleuré!
Si l'on avait raison par la force physique,
Je les aurais battus, argument sans réplique;
Mais j'en avais pitié, ce n'étaient que des nains,
Je foulais sous mes pieds leur morgue et leurs dédains
Si l'âme du poëte à l'injure est sensible,
A tout ressentiment il est inaccessible;
Le fiel l'atteint parfois, mais c'est le fiel d'autrui;
Il n'a que de l'amour et pas de haine, lui.
De mes amis d'alors, ici je le déclare,
En injures pas un ne se montrait avare.
Suis-je donc, me disais-je, au nombre des méchants
Pour attirer sur moi tant de fiel par mes chants?
Pour que de leurs dédains je sois ainsi victime,
De quoi suis-je coupable et quel est donc mon crime?
Est-ce de les aimer d'un amour fraternel?

Ah! je l'avoue alors, je suis bien criminel.
Non, ce qui fit gronder l'orage sur ma tête;
Ce fut d'être ouvrier... un ouvrier poëte!
Fallait-il donc, mon Dieu, pour de méchants refrains,
Attirer sur mon front de semblables chagrins?
Quand de vivre en commun j'avais pris l'habitude,
Il fallut vivre seul!... La triste solitude!...
Après des jours heureux, le cœur rempli de deuil,
Il fallut m'enfermer ainsi qu'en un cercueil.
« Méchants, » disais-je alors, « contemplez votre ouvrage,
« De joyeux que j'étais vous m'avez fait sauvage.
« Ah! je maudis le jour où je vous ai connus,
« Et moi, moi-même, hélas! je ne me connais plus;
« Non, non, depuis ce temps, tu n'es plus le même homme,
« Des trésors de ton cœur en prodiguant la somme,
« Tu n'as pas su trouver un véritable ami.
« Pourtant tu les aimais et jamais à demi. »
Une voix en mon cœur semblait crier: « Espère,
« Tu trouveras peut-être un ami sûr, un frère,
« Qui, censeur indulgent et de riant accueil,
« Saura guider ta barque en évitant l'écueil.
« Reprends avec ardeur et ta plume et ta lyre,
« A ton chant faible encore il daignera sourire. »
Comme un faible rameur égaré sur les flots,

J'étouffais en soupirs ou plutôt en sanglots;
Je souffrais moins pourtant, mais j'étais dans l'attente :
Quelqu'un devait sourire à ma muse naissante.
Comme le peuple juif attend son rédempteur,
Je n'attendais qu'un homme ou plutôt un sauveur;
Ainsi que moi, mes vers attendaient leur messie,
Vous êtes arrivé, je vous en remercie;
Vous êtes arrivé, puis me tendant la main :
Courage, avez-vous dit, me montrant le chemin;
Et depuis, seul mon bras a bravé la tempête,
Il nourrit l'ouvrier, il nourrit le poëte.
Mais j'ignore toujours quel doit être mon sort;
J'ai déjà bien ramé, je ne vois pas le port.
Eh! quoi, dois-je espérer un destin bien propice,
Quand Gilbert et Moreau vont mourir à l'hospice?
Ne suis-je pas moi-même au malheur endurci?
Puisqu'ils ont bien souffert, je puis souffrir aussi.

Vous qui seul maintenant visitez ma mansarde,
Pardonnez si souvent mon cœur vous y retarde;
Ah! lorsqu'en le cherchant dix ans l'on a gémi,
Il est bien doux, bien doux de trouver un ami.

LE BATTEUR.

Debout, batteur en grange,
Le pressoir a coulé;
Quand on fait la vendange
Il faut battre le blé.
Prends ta fourche de coudre,
Ton balai de bouleau;
Pour semer et pour moudre,
En avant le fléau.

Pan, pan, pan; pan, pan, pan.
Quand la cuve bouillonne,
Il faut que le moulin
Résonne,
En écrasant le grain.
Tic, tac, tin; tic, tac et tin, tin.

Étale tes deux gerbes,
Surtout ébarbe bien;
Pour extraire les herbes,
Détache le lien;
Pour vanner dès l'aurore,

Frappe à coups redoublés;
Que ton fléau sonore
Éparpille les blés.

Pan, pan, pan; pan, pan, pan.
Quand la cuve bouillonne,
Il faut que le moulin
Résonne,
En écrasant le grain.
Tic, tac, tin; tic, tac et tin, tin.

Pour faire ta journée
N'attends pas la chaleur,
La grande matinée
Doit suffire au batteur;
Choisis pour la semaille
Les froments les plus beaux;
Frappe fort sur la paille,
On emplit les tonneaux.

Pan, pan, pan; pan, pan, pan.
Quand la cuve bouillonne,
Il faut que le moulin
Résonne,
En écrasant le grain.
Tic, tac, tin; tic, tac et tin, tin

LE PRINTEMPS.

Tout renait dans la prairie,
Tout annonce le printemps ;
La marguerite est fleurie,
Accourez, tendres amants.
Déjà l'oiseau sur la branche
Semble sourire à l'amour ;
L'aubépine est toute blanche,
L'hirondelle est de retour.

Venez, garçons et fillettes,
Venez chanter les amours ;
Le temps blanchira vos têtes,
Profitez de vos beaux jours.

Venez danser sous l'ombrage,
Partout les arbres sont verts ;
Des oiseaux le doux ramage
Va s'unir à vos concerts.
Si le printemps fait éclore
Pour vous des gerbes de fleurs,

Cueillez-les dans votre aurore,
Les ans sont des moissonneurs.

Venez, garçons et fillettes,
Venez chanter les amours;
Le temps blanchira vos têtes,
Profitez de vos beaux jours.

Comme vous, dans ma jeunesse,
J'aimais les plaisirs, les ris,
J'adorais une maîtresse :
Mes cheveux se sont blanchis.
Les amours sont de votre âge,
Quoi qu'en disent vos parents :
Je suis doyen du village,
Écoutez-moi, mes enfants.

Venez, garçons et fillettes,
Venez chanter les amours;
Le temps blanchira vos têtes,
Profitez de vos beaux jours.

LA VISION DU GONDOLIER.

Aussi léger qu'une mésange
Dans son essor,
Un soir il m'apparut un ange
Aux ailes d'or;
Dans l'ombre je le vis sourire,
Et puis soudain
Il me chanta sur une lyre
Ce doux refrain :

Gondolier, ta gondole
Ne fend plus les flots bleus,
Tu pleures ton idole
Disparue à tes yeux.
Rame, reprends courage,
Je t'apporte l'espoir,
Bientôt sur le rivage
Tu pourras la revoir.

Je vis son front comme une étoile
Brillante aux cieux,

Le zéphyr soulevait son voile,
Ses blonds cheveux.
J'aurais voulu le voir encore,
Mais il partit,
Et s'enfuyant avec l'aurore,
Il me redit :

Gondolier, ta gondole
Ne fend plus les flots bleus,
Tu pleures ton idole
Disparue à tes yeux.
Rame, reprends courage,
Je t'apporte l'espoir,
Bientôt sur le rivage
Tu pourras la revoir.

Hélas ! ne serait-ce qu'un songe ?
Fatale erreur !
Non, non, ce n'est point un mensonge :
J'en crois mon cœur.
Ah ! je la vois sur le rivage,
Elle m'attend.
Répétez, échos de la plage,
Ce joyeux chant :

Ma rame et ma gondole
Sillonnent les flots bleus ;
J'aperçois mon idole
Et mon cœur est heureux ;
Avec force et courage
Je ramerai toujours,
Puisque sur le rivage
Je revois mes amours.

LE SAVETIER PHILOSOPHE.

Je suis savetier, je m'en flatte,
Dans mon échoppe en vrai pinson,
Raccommodant une savate
Gaîment je chante ma chanson ;
Vivent l'amour et la folie !
Sur terre où l'on est en passant,
Pour guérir la mélancolie
Le vin est un baume puissant.

Je suis un bon compère,

Savetier et joyeux luron,
J'aime mon chien, ma ménagère,
Saint Crépin, notre bon patron.
Je suis un sans-façon,
Et quand je monte à la barrière,
J'aime à déboucher un flacon.

Et vive ma philosophie!
De peu je sais me contenter :
Le neuf à d'autres fait envie,
Moi, j'aime mieux raccommoder.
Chacun son métier sur la terre,
Un pâtre vaut un intendant;
Moi, pour oublier ma misère,
Je bats ma semelle en chantant.

Je suis un bon compère,
Savetier et joyeux luron,
J'aime mon chien, ma ménagère,
Saint Crépin, notre bon patron.
Je suis un sans-façon,
Et quand je monte à la barrière,
J'aime à déboucher un flacon.

Dans mon échoppe, étroite cage,

Enfermé comme un perroquet,
Tous les bambins du voisinage
Me lancent plus d'un quolibet;
Fanchon se fâche et fait tapage,
Puis mon chien leur mord les talons;
Pour moi, que jamais rien n'outrage,
Gaîment je redis mes chansons.

Je suis un bon compère,
Savetier et joyeux luron,
J'aime mon chien, ma ménagère,
Saint Crépin, notre bon patron.
Je suis un sans-façon,
Et quand je monte à la barrière,
J'aime à déboucher un flacon.

Un jour auprès de ma boutique,
Un beau monsieur vint à passer,
Il me dit d'un ton rachitique :
« Ami, veux-tu ne plus chanter,
Je te donnerai sans rancune
Une parcelle de mon bien? »
Gardez, gardez votre fortune,
Et je répète mon refrain :

Je suis un bon compère,
Savetier et joyeux luron,
J'aime mon chien, ma ménagère,
Saint Crépin, notre bon patron.
Je suis un sans-façon,
Et quand je monte à la barrière,
J'aime à déboucher un flacon.

Que peut me faire la richesse ?
J'ai des bras, c'est pour travailler.
Pour moi, la plus grande noblesse,
C'est de rester brave ouvrier.
Que me font les biens de la terre
Sans mon travail et ma gaîté ?
Je veux, sans sortir de ma sphère,
Chanter toujours en liberté.

Je suis un bon compère,
Savetier et joyeux luron,
J'aime mon chien, ma ménagère,
Saint Crépin, notre bon patron.
Je suis un sans-façon,
Et quand je monte à la barrière,
J'aime à déboucher un flacon.

AH! SI JE N'EN AI GUÈRE.

Du grand maître on chantait un jour
Les amours et Lisette ;
Je voulus chanter à mon tour,
Ma muse était muette.
Un convive alors me dit :
Tu n'es qu'un pauvre d'esprit !

Ah ! si je n'en ai guère,
Lui répondis-je sans émoi,
Combien sur cette terre
N'en ont pas plus que moi !

Tu croyais trouver des amis,
Me dit un jour Eugène,
Et comme en province à Paris
Les compter par douzaine ;
Mais survint l'adversité,
Et pas un ne t'est resté.

Ah ! si je n'en ai guère,

Lui répondis-je sans émoi,
 Combien sur cette terre
 N'en ont pas plus que moi !

Je voulus avec mon cousin
 Un jour faire bombance,
Le marchand dit : « Voilà du vin ;
 Mais par payer commence. »
Mon cousin alors reprit :
« Tu n'as que peu de crédit. »

 Ah ! si je n'en ai guère,
Lui répondis-je sans émoi,
 Combien sur cette terre
 N'en ont pas plus que moi.

La nuit, au canal Saint-Martin,
 Passant par aventure,
Un voleur m'accostant soudain,
 Fit bien triste figure :
« Ah ! dit-il en me fouillant,
Je suis volé, pas d'argent. »

 Ah ! si je n'en ai guère,

Lui répondis-je sans émoi,
Combien sur cette terre
N'en ont pas plus que moi!

J'adorais un charmant lutin,
Je le croyais fort sage;
Mais un jour je reçus certain,
Certain petit message :
L'Ange à qui tu fais la cour,
Te trouve le nez trop court.

Ah! si je n'en ai guère,
Lui répondis-je sans émoi,
Combien sur cette terre
N'en ont pas plus que moi!

SOUVENIR D'ÉCOLIER.

MORT DE E... P.....

Sous les coups du destin, ici-bas tout succombe,
Le fruit tombe en sa fleur, emporté par le vent;

L'homme avant l'âge mûr se corrompt dans la tombe.
Le vaisseau, près du port, fait naufrage souvent!
Tout ne fait que briller et mourir sur la terre,
Le vieux chêne, la fleur, le lion, la fourmi,
Le vieillard et l'enfant, se mêlent en poussière.
Ah! laissez-moi pleurer la perte d'un ami!...
Oui, c'était en juillet : au tranchant des faucilles
Étaient déjà tombés les épis et les fleurs;
La chaleur de l'été jaunissait les charmilles,
On entendait le chant des joyeux moissonneurs.

Je m'en souviens toujours : sur les bancs de l'école,
Le soleil reflétait ses rayons lumineux;
On aurait entendu la mouche qui s'envole,
A son rang, chaque élève était silencieux;
Chacun, selon sa classe et selon la coutume,
A son gré griffonnait l'ardoise ou le papier;
Martin mangeait son pain, Chenut mangeait sa plume,
Toi seul, ô cher ami, semblais t'extasier!
Tu contemplais les cieux, je te voyais sourire,
Ton regard était doux, tes traits étaient sereins:
On aurait dit un ange accordant une lyre,
Tout prêt à répéter les célestes refrains!...

Regarde, disais-tu, le ciel est sans nuage!

Quel beau temps pour demain!... nous irons dans les champs
Courir et folâtrer à l'ombre du feuillage;
Les échos d'alentour répéteront nos chants!
Dans les bois nous irons entendre la fauvette,
Et dans les prés bondir en y cueillant des fleurs;
Là nous effeuillerons la blanche pâquerette,
Tressant une guirlande aux diverses couleurs.
Hélas! illusion, doux rêve de l'enfance!
Amis, parents, bonheur, à l'instant tout s'enfuit,
Le maître nous a vus, il a crié : Silence!
Le jour s'enfuit bientôt faisant place à la nuit;
Dans la saison des fleurs, quand l'aube se colore,
L'alouette en chantant s'élève vers les cieux.
Un jeudi, l'écolier s'éveille avant l'aurore;
Ce jour, en m'éveillant, j'étais tout soucieux,
Car j'avais entendu, non loin de ma couchette,
Un long gémissement!... j'en eus quelque frayeur.
Hélas! c'était le cri de l'horrible chouette,
Qui venait présager un sinistre malheur!

Le soleil éclairait les coteaux et la plaine,
Les pâtres, dans les champs, conduisaient leurs troupeaux,
Du buisson d'aubépine au sommet du grand chêne,
Voltigeaient en chantant d'innombrables oiseaux...

Le moment est venu : garçons, jeunes fillettes,
La belle et folle troupe accourait aux chansons :
Les uns volaient aux bois cueillir des violettes,
Les autres aux vergers dénichaient des pinsons.

En l'embrassant, chacun avait quitté sa mère,
Et son cœur avait dit ce qu'il redit toujours :
Oh ! ne va pas, enfant, auprès de la rivière,
Car tu pourrais tomber et périr sans secours.
Souvent l'enfant est sourd à l'avis le plus sage
Et vole vers les maux qu'il pourrait s'épargner.
A peine l'on était assis sous le feuillage,
Qu'un de nous crie : Amis, allons donc nous baigner.
Pour réponse aussitôt notre troupe rieuse,
Près de la Saône accourt, et, d'un commun accord,
Tout proche de la Baume où, plus capricieuse
L'eau joue et semble rire et cache, hélas ! la mort !
Joyeux en s'élançant chacun criait : « Je nage ! »
Et parmi nous, pourtant, nul ne savait nager ;
Je vis ce cher ami s'éloigner du rivage ;
Regardez, disait-il, comme je vais plonger.
On le vit aussitôt sous les flots disparaître,
Et chacun répétait : Comme Elior... plonge bien.
Il ne reparaît pas, la frayeur vient à naître,

L'eau bouillonne.. on regarde.. on croit voir.. rien, plus rien..
Qu'aperçoit-on plus loin où le flot tourbillonne ?
Une main... on appelle... on éclate en sanglots.
Il lutte... il se débat... sa force l'abandonne,
Bientôt il disparaît submergé par les flots ;
Le bruit de ce sinistre au voisinage arrive;
Abandonnant les prés, des hommes accourus
Demeurent, l'œil béant, fixés loin de la rive,
Sans secourir l'enfant qui ne reparaît plus.
Enfin à son secours chacun s'empresse et vole ;
Mais, hélas! c'est en vain : il est déjà trop tard.
Chaque écolier frémit, sa mère, on la croit folle !
Elle cherche son fils, tremblante, l'œil hagard ;
Plus tard il reparut le visage livide,
Le teint décomposé!... Ses yeux jadis brillants,
Restes mornes, blafards !... la mort cruelle, avide,
Décolore son front !... Il n'avait que douze ans !...

Quoique bien jeune encor, d'une famille chère,
Tu devenais l'espoir, le soutien, l'avenir ;
Tu faisais le bonheur d'une bien tendre mère,
Qui sur la terre, hélas! ne fait plus que gémir...
Ah! que pour toi, le sort de douceur fut avare ;
Tu méritais si bien un avenir plus beau !

Ami, repose en paix, si la mort est barbare,
La fin de nos tourments, hélas ! c'est le tombeau.
Oui, dors en paix, enfant, sous la croix funéraire,
Sous ce toit protecteur qui couvre tes débris,
Sous l'abri paternel de l'oiseau téméraire ,
Qui viendra sur ces bords faire entendre ses cris ;
Dors du sommeil du juste, à l'ombre du feuillage,
Où la terre baignée à chaque instant de pleurs,
Fera croître et fleurir, comme au temps du jeune âge,
Sur le corps d'un ami les odorantes fleurs ;
Rêve, en nous attendant, sous l'arbre séculaire,
Où toujours nous venons te pleurer et gémir,
Car tu n'es apparu, pauvre fleur éphémère,
Que pour fleurir, hélas ! te faner et mourir !...

LE CLOUTIER ET SON CHIEN.

Vite à la roue, Azor,
Que la forge s'allume,
Déjà j'entends l'enclume
Et toi, tu dors encor.

La poule qui caquette,
Dès que l'aube apparaît,
Redit sa chansonnette,
Et nous n'avons rien fait.

Marche, Azor,
Et que l'on se trémousse,
Surtout pas de secousse
Et nous serons d'accord.
Marche, Azor.

Marche avec plus d'ardeur,
Que le soufflet se gonfle,
Et que bientôt il ronfle
Comme fait la vapeur.
Chauffe à blanc les baguettes,
Il faut au maréchal
De gros clous de charrettes
Et des clous de cheval.

Marche, Azor,
Et que l'on se trémousse,
Surtout pas de secousse
Et nous serons d'accord.
Marche, Azor.

Ah! pour suffire à tout,
Élever sa famille,
Avant que le jour brille
Il faut être debout.
Au lit, ma ménagère
Me retient quelquefois;
Maintenant ce n'est guère
Qu'une ou deux fois par mois.

Marche, Azor,
Et que l'on se trémousse,
Surtout pas de secousse
Et nous serons d'accord.
Marche, Azor.

Quand arrive l'hiver,
Que l'on travaille ou mange,
Pour rien on vous dérange,
Ah! quel métier d'enfer;
Des garçons, des fillettes,
Viennent tout empressés :
« — Pour deux liards de broquettes,
« Mes sabots sont cassés. »

Marche, Azor, ...

Et que l'on se trémousse,
Surtout pas de secousse
Et nous serons d'accord.
  Marche, Azor.

Tiens! tu vas beaucoup mieux.
Mon chien, la soupe approche,
Il ne faut pas la broche
Pour te rendre joyeux.
Ah! voici ta gamelle,
Ton bonheur est complet,
La bourgeoise m'appelle,
Accrochons le soufflet.

  Marche, Azor,
Et que l'on se trémousse,
Surtout pas de secousse
Et nous serons d'accord.
  Marche, Azor.

LE POETE AMOUREUX.

Depuis longtemps, pauvre poëte,
En vain je cherchais le bonheur,
Des songes remplissaient ma tête,
Un vide existait dans mon cœur ;
Dans la divine poésie,
Mon âme a trouvé son essor.
Pourtant pour embellir ma vie,
Un ange, une fidèle amie,
Pour moi vaudrait mieux qu'un trésor.

Clémence est gentille et sage,
D'elle je suis amoureux ;
J'aime son charmant visage,
Son sourire gracieux.
Ah ! que je la trouve belle,
De ses yeux je suis jaloux ;
Fais, mon Dieu, qu'elle soit fidèle,
Je veux devenir son époux.

Charmant maintien, grâce divine,
Ah ! c'est un ange, sur ma foi,

Sa chevelure est blonde et fine,
D'y penser je suis en émoi.
Je la vis, c'était un dimanche,
J'admirais son doux coloris,
Son pied mignon, sa main si blanche,
Son front gracieux qui se penche :
D'un pur amour je fus épris.

Clémence est gentille et sage,
D'elle je suis amoureux ;
J'aime son charmant visage,
Son sourire gracieux.
Ah! que je la trouve belle,
De ses yeux je suis jaloux;
Fais, mon Dieu, qu'elle soit fidèle,
Je veux devenir son époux.

Elle est simple dans sa toilette,
Toujours modeste et sans bijou ;
Pas un ruban n'orne sa tête.
Un velours seul orne son cou.
A l'église, ô Dieu ! qu'elle est belle,
Levant son regard vers les cieux !
Quand un pauvre passe auprès d'elle,

Son cœur bat et sa voix l'appelle,
Des larmes brillent dans ses yeux.

Clémence est gentille et sage,
D'elle je suis amoureux ;
J'aime son charmant visage,
Son sourire gracieux.
Ah ! que je la trouve belle,
De ses yeux je suis jaloux ;
Fais, mon Dieu, qu'elle soit fidèle,
Je veux devenir son époux.

LE DERNIER MORCEAU DE PAIN.

Mon pauvre chien, mon compagnon fidèle,
Nous n'avons plus qu'un peu de pain durci,
Mange-le seul, car pour moi je chancelle,
Mon cœur est froid, mon regard obscurci ;
Tu ne veux pas et la faim te torture :
C'est plus que l'homme agir en bon chrétien.

En attendant qu'il suive l'Écriture,
 Il faut mourir, mon pauvre chien.

Allons! prends donc! quand ma main te le donne!
Prends donc! voyons, n'as-tu pas d'appétit.
Ah! je comprends, je t'ai grondé, pardonne;
C'est le plus gros, tu veux le plus petit.
Pauvre Médor, tu n'es pas de ce monde,
Monde où chacun ne connaît que le sien.
En attendant que l'amitié se fonde,
 Il faut mourir, mon pauvre chien.

Bien jeune encor, j'abandonne la vie,
Sans nul regret, sans haine et sans remord;
Oui, la richesse excita mon envie,
J'étais si pauvre!... et pourtant j'avais tort.
Pour me punir, Seigneur, dans ta justice,
Fais que le faible ait le fort pour soutien.
En attendant que mon vœu s'accomplisse,
 Il faut mourir, mon pauvre chien.

Sur ce grabat je me meurs de misère.
J'eus des amis; plus riche, ils m'ont connu.
Je sens déjà se clore ma paupière,
Et pour me voir pas un seul n'est venu;

Mais... oui, j'entends... oui... ce sont eux qui viennent.
Non... le délire!... Ah! personne!... plus rien,
En attendant, hélas! qu'ils se souviennent,
Il faut mourir, mon pauvre chien.

LA FILLE DU VILLAGE.

Astre brillant, rose ou nuage,
Charmante enfant, qui donc es-tu?
Je suis la fille du village,
Ma richesse, c'est ma vertu.
Je suis le soutien de ma mère,
A la Vierge je fais des vœux,
Sans oublier dans ma prière
Mon tendre père dans les cieux.

Astre brillant, rose ou nuage,
Charmante enfant, qui donc es-tu?
Je suis la fille du village,
Ma richesse, c'est ma vertu.

Pour être belle et rester pure,
Fille du ciel, où donc vis-tu?

Contre la faim, dans ma masure,
L'aiguille en main j'ai combattu.
A la ville, m'a dit ma mère,
Une fille perd son honneur,
C'est le seul bien que je préfère,
C'est mon trésor, c'est mon bonheur.

Pour être belle et rester pure,
Fille du ciel, où donc vis-tu?
Contre la faim, dans ma masure,
L'aiguille en main j'ai combattu.

Vierge des champs, beauté divine,
L'amour, dis-moi, le connais-tu?
J'aime le buisson d'aubépine,
De fleurs, au printemps, revêtu;
J'aime, dans la verte prairie,
Poursuivre un léger papillon :
Quand la marguerite est fleurie,
Dans les prés je fais ma moisson.

Vierge des champs, beauté divine,
L'amour, dis-moi, le connais-tu?
J'aime le buisson d'aubépine,
De fleurs, au printemps, revêtu.

Si tu possédais la richesse,
Aimable enfant, qu'en ferais-tu?
Chez moi, le pauvre, en sa détresse,
Serait nourri, serait vêtu.
Sans jamais blesser sa misère,
La veuve y trouverait du pain ;
Je servirais toujours de mère
Au pauvre petit orphelin.

Si tu possédais la richesse,
Aimable enfant, qu'en ferais-tu?
Chez moi, le pauvre, en sa détresse,
Serait nourri, serait vêtu.

LA VIE ET LA MORT.

La vie est une route sombré
Où luit un vacillant flambeau,
Où marchent à pas lents, dans l'ombre,
Le faible et le fort au tombeau;
La mort est la route splendide
Qu'inondent d'éternels rayons,
Où l'âme, informe chrysalide,
Prend les ailes des papillons.

PARIS.

Fuyons, ma pauvre lyre, ah! fuyons cette ville
Où tout n'est que mensonge, âme basse et servile.
Des hommes sans pitié, des femmes sans pudeur,
Mettant à prix l'amour, la justice et l'honneur;
Où le vice, après nous, comme un serpent se traîne,
Où l'air que l'on respire est respirable à peine,
Où l'intrigant pour vivre a plus d'un moyen sûr,
Où le talent expire en un grenier obscur,
Où l'on ne voit que vols, incestes, suicides,
Viols, assassinats et guerres fratricides.
Je te fuis sans regrets, pour n'y revenir plus.
Paris, séjour du crime et tombeau des vertus;
Paris, où tout se vend, où pas un n'est sincère.
L'ami vend son ami, le frère vend son frère;
Outrageant de l'hymen les liens les plus doux,
L'époux trahit la femme et la femme l'époux.
Rien ici n'est sacré, pas même la famille,
Le frère vend sa sœur, la mère vend sa fille,
Pour un morceau de pain, sans nul ressentiment;
On se vend, on se livre, on trahit son serment;

O sainte humanité! loi si douce et si pure,
Amour du fort au faible, ordre de la nature,
Trésor de la famille, amour pur, amour saint,
Que va-t-on devenir si ton flambeau s'éteint?
Quel sort sera le tien, Babylone moderne,

. . . .

Ne crains-tu pas qu'un jour le Dieu du genre humain
Ne laisse sur ton front s'appesantir sa main?
Celui qui d'un regard pulvérisa Sodome,
D'un geste ne peut-il te réduire en atome?
On pourrait dire alors et d'un air de mépris :
Voyez-vous ce volcan? c'est là que fut Paris;
De tous tes monuments, trop brillants ou trop sombres,
Il ne resterait rien, pas même des décombres!
Mais si, t'abandonnant à ton fatal destin
Du crime et de l'erreur tu suivais le chemin,
Que vas-tu devenir, illustre capitale?
Aurais-tu soif de sang? j'en vois sur chaque dalle,
Car celui de tes fils a coulé récemment,
Il n'est pas sec encore et je le vois fumant;
Tu devrais cependant être bien abreuvée,
Avec des os de morts tu peux être pavée.
Éloignez, ô mon Dieu! de moi ce souvenir,
Car déjà mon cœur saigne et je me sens frémir.

Mais qu'entends-je?... un bruit sourd... des fanfares guerrières,
On accourt en criant : Aux armes! aux frontières!
Déjà de toutes parts, de la ville aux faubourgs,
On entend le canon et l'écho des tambours;
L'ouvrier, le bourgeois, le riche parasite,
Sous le chaume, aux palais, tout s'émeut, tout s'agite,
Des soldats sont en marche agitant leurs drapeaux.
Ah! faut-il tant de bruit pour creuser des tombeaux!
Quel peut être leur but? pourquoi toutes ces guerres?
Jésus n'a-t-il pas dit : Tous les hommes sont frères.
Puisque l'homme est né bon, que n'est-il généreux?
Les tigres du désert s'égorgent-ils entre eux?
Le lion, né féroce, au fort de sa colère,
Étend-il à ses pieds l'autre lion son frère?
Il est, me dira-t-on, le roi des animaux :
Tous les lions sont rois, les lions sont égaux.
O sainte vérité! qui m'enflamme et m'inspire,
Règne sur ma pensée et fais vibrer ma lyre,
Sur mon cœur, sur mon âme et mon faible cerveau,
Et sur tous les humains fais briller ton flambeau!
Mais, hélas! ils sont sourds à ton divin langage.
Je pars, adieu Paris, je retourne au village.
Que me font ces jardins, ces brillants boulevards,
Tout ce luxe effréné brillant de toutes parts;

Ces colonnes d'airain, ces maisons colossales,
Ces portiques dorés, ces vieilles cathédrales?
Que me font ces palais resplendissants d'éclat,
Si dans d'obscurs réduits, sur un sale grabat,
Des vieillards, des enfants, de pauvres prolétaires,
Mourant de faim n'ont rien pour calmer leurs misères?
Je pars, et si parfois je trouvais sur ma route
Un voyageur perdu, je lui dirais : Écoute,
Cherches-tu la vertu, cherches-tu le bonheur?
Ne va pas à Paris, c'est un lieu corrupteur;
Ne va pas à Paris pour retremper ton âme;
N'y va pas, voyageur, son séjour est infâme;
N'y va pas si tes sens sont déjà corrompus :
Quiconque y va boiteux revient souvent perclus.
Et vous, vierges des champs, aimables jeunes filles,
Paris vous flétrirait, restez dans vos familles,
Ainsi qu'un faible esquif sur la mer en courroux,
Le vent du déshonneur pourrait souffler sur vous;
On vous verrait bientôt de retour et fanées,
Ainsi que d'humbles fleurs au printemps moissonnées.
Je dirais aux époux qui s'aiment tendrement,
Aux jeunes amoureux, à tout fidèle amant :
Époux qui vous aimez, fuyez la capitale;
Pour vous, tendres amants, cette ville est fatale.

Je dirais au poëte, à tout homme inspiré :
Reste ici, l'air est pur et le ciel azuré ;
Au fiel ne mêle pas la divine ambroisie,
Crois-moi, n'échange pas ta douce poésie,
Ces bois que je regrette et ces vallons fleuris
Pour ce cloaque impur que l'on nomme Paris.
L'ombre ou l'obscurité tout inspire un poëte,
La nature à ses pieds, le soleil sur sa tête,
Un brin d'herbe, une fleur, un faible vermisseau,
La foudre, les éclairs et l'aspect d'un tombeau !

Et moi, pauvre ouvrier, enfant de la misère,
J'irai pleurer souvent sur celui de mon père.

LE BOULANGER DE PARIS.

Plus rien à la boutique,
Alerte, le second !
Demain pour la pratique
Il faut miche et pain rond ;
Le premier à la pâte,
Brigadier à ton four

Et que chacun se hâte
Pour dormir à son tour.

Ha hein... ha hein... ha hein...
Quel métier, pauvre geindre !
Pourtant il faut du pain,
Mais nous avons le vin,
Il ne faut pas nous plaindre.

Brigadier, sans rien craindre,
Sur les sacs va dormir ;
Le second et le geindre
S'échauffent à pétrir.
Mais tôt la pâte lève,
Elle est mise au panier ;
Pour achever ton rêve,
Enfourne, brigadier.

Ha hein... ha hein... ha hein...
Quel métier, pauvre geindre !
Pourtant il faut du pain,
Mais nous avons le vin,
Il ne faut pas nous plaindre.

En déposant la pelle,
Vite ferme le four,

La cuite sera belle,
Il était blanc autour;
Quelle odeur agréable
Que celle du pain frais!
Second, descends le câble,
On recommence après.

Ha hein... ha hein... ha hein...
Quel métier, pauvre geindre!
Pourtant il faut du pain,
Mais nous avons le vin,
Il ne faut pas nous plaindre.

Déjà Paris s'éveille,
Chacun a pris son pain,
A l'aurore vermeille,
Salut le verre en main;
Mais pour revoir sa belle,
Un litre à deux suffit.
Lorsque l'amant chancelle,
Cupidon s'assoupit.

Ha hein... ha hein... ha hein...
Quel métier, pauvre geindre!

Pourtant il faut du pain,
Mais nous avons le vin,
Il ne faut pas nous plaindre.

LA ROSE ET LE SOLEIL.

FABLE.

Fuyant avant l'aurore
Les hommes importuns,
Pour savourer de Flore
Les doux parfums,
Près d'un bosquet paisible
Une rose me dit :
Si ton âme est sensible,
Écoute mon récit.
Hélas! je suis bien malheureuse
Depuis que je suis amoureuse.
J'adore le soleil,
En jurant de m'aimer d'un amour sans pareil,
Dans le ciel il s'enfuit.
A vivre loin de lui, suis-je donc condamnée?
Si tu connais l'amour, ah! plains ma destinée;

J'ai failli de douleur expirer cette nuit...
Et que ne suis-je morte avant que d'être née...
Elle parlait encor, l'horizon se dora,
La fleur soupira.
O l'ingrat! reprit-elle,
Il me fut infidèle.
Elle lança sur lui plus d'un regard jaloux,
Lui, pour la rassurer, a des rayons plus doux;
Mon amour, lui dit-il, ne fut jamais frivole.
Crois-moi, pour un baiser, entr'ouvre ta corolle,
Je ferai ton bonheur.
Je vis cette fleur ingénue
Souriant, s'entr'ouvrir, se montrer presque nue.
Le soleil aussitôt redoublant de chaleur,
Savourait à longs traits les larmes de cristal,
Que l'aurore dépose
Sur chaque végétal,
Et qui brillait sur la rose
D'un éclat virginal.

Le soir il disparut,
Elle était inclinée;
A l'aube il reparut,
La rose était fanée.

LES PETITS ENFANTS.

Le ciel est pur, à l'ombre du feuillage,
Unissez-vous, chantez petits enfants ;
Le rossignol par son tendre ramage,
Provoque en vous de généreux accents.
Aimez-vous bien, enfants, vous êtes frères,
De cet amour le bonheur est le prix ;
Soyez humains, chérissez bien vos mères,
En grandissant, restez toujours unis.

Unissez-vous, qu'importe vos toilettes,
Petits enfants, couronnez-vous de fleurs,
Dansez, chantez et toujours de vos fêtes
Aux plus petits prodiguez les faveurs ;
Vous unissez, pour faire une guirlande,
Les boutons d'or et les bluets fleuris ;
De l'union Dieu bénira l'offrande,
En grandissant, restez toujours unis.

Foulant aux pieds l'herbe de la prairie,
Si vous trouvez dans leurs nids des oiseaux,

A voltiger le printemps les convie ;
Gentils enfants, épargnez leurs berceaux,
L'humanité n'a qu'un Dieu, n'a qu'un père ;
Pour tous aux champs grandissent les épis.
Mille rayons ne font qu'une lumière,
En grandissant, restez toujours unis.

Quand fuit l'automne, effeuillant de ses ailes
Tous les trésors que créa le printemps ;
Voyez s'unir les douces hirondelles
Cherchant au loin des climats plus constants.
Là dans la ruche est un essaim d'abeilles,
Là sous le sol s'unissent les fourmis ;
De la nature imitez les merveilles,
Petits enfants, restez toujours unis.

L'INVALIDE DU TRAVAIL.

Le front blanchi, courbé par la misère,
Un prolétaire, un enfant de malheur,
Fut tout à coup privé de la lumière,

C'était le fruit de trente ans de sueur;
Pour moi, dit-il, mieux vaut le suicide,
La faim me presse et je manque de pain.
Quand du travail on devient invalide,
Pauvre vieillard, il faut tendre la main.

Tendre la main, est-ce chose facile?
Je n'y vois plus, qui guidera mes pas?
Prenez ce chien, prenez cette sébile,
Dit une voix; je ne la connais pas.
Mais il le faut, car d'une main livide,
La faim cruelle a tracé mon destin.
Quand du travail on devient invalide,
Pauvre vieillard, il faut tendre la main.

Pendant trente ans travaillant sans relâche,
Mon gain alors n'était que suffisant;
Avec bonheur j'accomplissais ma tâche,
Je nourrissais ma femme et mon enfant.
Ils ne sont plus; maintenant, j'ai pour guide,
Pour seul ami, Pyrame, mon bon chien.
Quand du travail on devient invalide,
Pauvre vieillard, il faut tendre la main.

Ah! si j'avais, pour l'honneur de la France,
Rougi de sang un fer meurtrier;
J'aurais la croix peut-être en récompense;
Mais je n'étais qu'un honnête ouvrier.
Je maudissais cette guerre homicide :
Verser du sang fut toujours inhumain.
Quand du travail on devient invalide,
Pauvre vieillard, il faut tendre la main.

J'AI VINGT-SIX ANS.

Vêtu de bure ou de grossière étoffe,
Vivre content, je ne veux rien de plus;
En bon vivant, ainsi qu'en philosophe,
La soie et l'or sont pour moi superflus.
Sans envier ni bijoux, ni parure,
Je peux très-bien expirer sur la dure.
Moreau compta vingt-huit printemps :
J'ai vingt-six ans.

Pour être heureux il me faut peu de chose,

Je veux de l'air, du travail et du pain ;
Que nul pouvoir à mes vers ne s'oppose,
De vrais amis qui me pressent la main.
Je ne veux plus d'une folle maîtresse,
Je puis sans elle expirer de faiblesse.
Moreau compta vingt-huit printemps :
J'ai vingt-six ans.

Quoi, je mourrai de faiblesse à mon âge !
J'étais si fort, je portais sur mon dos
Mon lit, ma chaise, enfin tout mon ménage,
Et maintenant je n'ai plus que les os [1].
J'ai pour parent un gros millionnaire,
Sans lui je puis expirer de misère.
Moreau compta vingt-huit printemps :
J'ai vingt-six ans.

Mourir, oh ! non... n'ai-je pas mon alène,
J'ai du travail, un marteau, des tranchets ;
Mon bras jamais ne redouta la peine.
En travaillant j'écrirai mes couplets.

[1] L'auteur a composé les trois premières strophes de cette pièce étant malade ; la quatrième ne fut composée qu'après sa guérison.

Je chanterai, quoi que l'on puisse dire.
Aux malheureux j'ai consacré ma lyre.
Je puis chanter bien des printemps :
J'ai vingt-six ans.

Paris, août 1854.

PARIS NE VAUT PAS LE HAMEAU.

Toi, que l'on dit la plus joyeuse
Et la plus belle du canton,
Je te vois triste et soucieuse.
Ah çà! dis-moi, qu'as-tu, Nanon?
L'amour s'en mêle, oui, je le gage.
Enfant, pourquoi veux-tu partir?
Crois-en le garde du village,
Tu pourrais bien t'en repentir.

Gentille bergerette,
Reste et garde ton blanc troupeau,
Car pour une fillette
Paris ne vaut pas le hameau.

L'autre jour, en faisant ma ronde,
Près de toi je vis un chasseur ;
Ayant seize ans, mignonne et blonde,
Nanon, prends bien garde à ton cœur !
Foi de Jean-Pierre, à la grand'ville
L'honneur n'est pas en sûreté.
Pense à ta mère, ô jeune fille,
Garde, garde ta pureté.

Gentille bergerette,
Reste et garde ton blanc troupeau,
Car pour une fillette
Paris ne vaut pas le hameau.

Le lendemain, fière et coquette,
Une voiture à deux chevaux
Emporte au loin la bergerette
Qui laisse aux champs ses blancs agneaux.
Pour des bijoux, vaine chimère,
Suivant son lâche séducteur,
L'ingrate abandonna sa mère.
Ah ! je prévois plus d'un malheur.

Gentille bergerette,
Reste et garde ton blanc troupeau,

L'ouvrage se publiera par livraisons à 20 centimes, paraissant tous les mois, et formera un volume in-8° de 300 pages.

Chaque livraison contient 16 pages.

Paris. — Imprimerie de G. Gratiot, rue Mazarine, 30.

www.ingramcontent.com/pod-product-compliance
Ingram Content Group UK Ltd.
Pitfield, Milton Keynes, MK11 3LW, UK
UKHW021515260726
13993UKWH00004B/1689